Estrellas fugaces

Amores que marcan un antes y un después

Estrellas fugaces

Violetas Azules

Violetas Azules

2014

ISBN: 978-1-291-75168-0

Primera impresión: 2014

Violetas Azules
25 de mayo y Colombia
El Talar, Buenos aires. CP: 1618

www.ask.fm/VioletasAzules

www.fanfiction.net/~violetasazules

www.twitter.com/Vio_Azules

A mi hermana, Camila, fan número uno y Beta Reader

Contenidos

Agradecimientos

Acá quisiera agradecer profundamente mis las chicas de Mundo SasuSaku: Adri, Shari, Sari, Andre, Gaby y a todas en general por los mejores días que pude pasar.

A las chicas Universo Fanfics, que me han sacado más de una sonrisa y una inspiración momentánea cuando la sequía me azotaba sin piedad.

A mis lectoras de Fanficslandia y Fanfiction.net. Ellas, con sus hermosos comentarios a mis historias, lograron darme el empujón necesario para atreverme a publicar mis continuos desvaríos.

A mi familia, por hacerme descubrir el maravilloso mundo de las letras y estar siempre, siempre conmigo.

A mi profesora Pollio, de literatura, por otorgarme dos maravillosos años bajo su enseñanza.

A mis vecinas y amigas, Belén, Ayelén y Solange —y a sus familias—, por todas las noches de pizzas, películas y juegos.

A todos los que tengan este ejemplar en las manos y le den una oportunidad a estas historias, muchas gracias.

Sinopsis

Las estrellas fugaces son consideradas sólo cuerpos que pasan al lado de la Tierra y cruzan el cielo. Sin embargo, más allá de eso, están las personas que imitan demasiado bien a las estrellas con estelas brillantes que te enceguecen y te obligan a acostumbrarte a su resplandor para simplemente, de un momento a otro, desaparecer sin dejar rastro de que hayan existido.

Estas historias hablan de ellos, personas que se van, se quedan o vuelven, que son importantes y dejan una marca muy profunda en nosotros.

Clara

A Clara siempre le gustaron los días nublados, el frío y la lluvia. Por eso cada vez que llovía amaba sentir el áspero pasto entre sus dedos y la textura del barro en las plantas de los pies. Le encantaba sentir las frías gotas filtrarse entre sus ropas, y el olor a tierra mojada le parecía la mejor colonia.

Clara siempre supo que no era normal, pero ella no se definía como loca —una palabra que siempre usaban doña Esther y sus hijas—, simplemente miraba el mundo con otros ojos. Sólo le encantaban los espacios cerrados —como el armario del salón de química en el cual se refugió por dos días—, las mariposas muertas —cuya colección atesora— y los funerales —porque una persona más había podido escapar de este mundo demasiado exigente— del mismo modo que estar bajo la lluvia.

Clara tenía los ojos miel, por eso cuando Joaquín la vio por primera vez ese día lluvioso supo que esos orbes se fundirían en su interior, lo atraparían y no lo dejarían escapar nunca. Y no se equivocó. Porque cuando Clara lo abrazaba sentía la fuerza que sus brazos delgados no hacían justicia; pero él no le devolvía el abrazo. No lo hacía porque parecía frágil, y temía que si lo hacía con tanta fuerza como quería ella se rompería o se iría con la misma facilidad que el agua entre sus dedos.

Clara tenía la piel muy blanca, y según los demás, parecía que todos los días estaba enferma; pero él sabía que no era por eso. Él creía que tenía esa tonalidad albina porque era como una muñeca de porcelana. Por esa razón la miraba bailar bajo la lluvia desde su habitación en el segundo piso y le recordaba a la bailarina que giraba al son de *Para Elisa* en la caja de música que tenía su mamá en el comedor.

Clara lloraba mucho, pero no lo hacía por ella. Por eso cuando Joaquín le preguntó "¿por qué llorás?" a los once años, no fue porque Raquel, la chica del 3-A, la había empujado de la hamaca, sino porque ella le dijo que sus papás se habían separado y que no le importaba; que lloraba porque ella no podía hacerlo.

Clara sonreía cuando veía a Joaquín; por eso sentía como si las mariposas muertas que estaban en el telgopor de su habitación revivieran para dar un último aleteo en algún lugar perdido entre su esófago y estómago. Pero él no le devolvía la sonrisa, simplemente caminaba con ella sin tocarla porque sabía que no le gustaba que la agarren de las manos. Le recordaba a esa vez que la llevaron a un lugar de blanco infinito, paredes mullidas y personas que hablaban mucho en la noche y no la dejaban dormir.

Clara tenía problemas, por eso se permitía escapar a su lugar soñado. Un lugar donde los gritos de su madre equivalían a tortas de cumpleaños y días de lluvia; y la ausencia de su padre eran mil abrazos tardíos. Joaquín quería escapar con ella, pero todavía no le daba la llave.

A Joaquín le gustaba Clara no por su aspecto físico, sino por lo que era ella en esencia. Le encantaba que le gustasen los días lluviosos, los abrazos y las tortas de cumpleaños. Que llorase por los que no podían, que le gustasen las mariposas muertas y que aún no le hubiera dado la llave de su lugar soñado. Por eso ese día levantó la cara y permitió que unas gotas saladas en sus ojos —que no, no eran lágrimas, sino que alguien estaba triste y se le había pegado la manía de llorar por otros— y la lluvia se mezclaran. Por eso no opuso resistencia cuando sintió el metal envolver sus muñecas detrás de la espalda y que unos hombres de trajes raros —como los llamaba ella— lo metieran dentro del auto que reía —porque creía que las sirenas eran risas—.

Por eso el día del funeral de Clara sonrió, porque ella había escapado de este mundo, tal vez demasiado imperfecto para ella.

Rosa

Cuando pienso demasiado, suelo recordar las clases de biología de antaño. Recuerdo que el corazón es una bomba aspirante e impelente que, *oh,* casualidad de la creación, es algo vital para mi existencia. Y son estos momentos en que lo comparo con ella, porque si bien no controla la sangre de mi cuerpo —aunque a veces sí, en ciertas zonas—, está en mi interior la mayor parte del día —y noche, sobre todo noche, alojada en el lóbulo frontal— y es vital para mi supervivencia —porque, *oh*, ¿qué hago si no pienso en ella todo el tiempo?—.

Divago un poco, y el recuerdo más antiguo que tengo es de los cuatro años. En ese tiempo era más pequeño que los niños promedio, pero eso no me impedía aventurarme a la estantería de la cocina y robar algo para picar mientras esperaba que la comida estuviera lista. En realidad, eso algo deprimente, porque ni siquiera usando una silla lograba alcanzar mi objetivo —un pequeño tarro con moldura en forma de payaso que se burlaba de mí—, lo que me hacía llorar pasados diez minutos de intentos fallidos. Y eso es lo que me trae de vuelta a ella.

Rosa es una chica —no tan chica— un poco común —en su excentricidad—. Tiene la cara en forma de corazón y es de risa fácil, siempre enseñando los dientes sin provocación e incitando a cualquiera a unírsele. Sus ojos son chocolate fundido que regalaba a todo mundo —menos a mí— ; pero tiene dedos de aguja y espinas —con veneno— que atraviesan la piel y hueso hasta llegar al centro del ser humano y a la derecha, habilidosamente serpenteando entre venas e hilos escarlatas hasta llegar al ventrículo izquierdo e instalarse ahí de forma permanente. Su pelo es corto, algo que me remitía a una frase que solía decirme mi madre cuando intentaba —sin éxito alguno— darme consejos sobre el espécimen femenino en mis años pre púberes: el cabello de una chica es como su corazón.

Cuando miro sus cortas y oscuras hebras, no puedo evitar imaginarme su corazón. Pienso que es oscuro como la oscuridad misma —como su pelo—, con agujas y espinas puntiagudas y ponzoñosas —como sus dedos— y pequeño, tan pequeño que cabe perfectamente en la palma de mi mano —como sus puños—; y que alberga semillas del color de su nombre preparadas para sembrarlas en sus pobres víctimas.

Rosa es dañina. Un ser que adora lo efímero y se autodestruye cíclicamente a placer. Por eso creo que soy su complemento, porque a pesar de que me rompe y destroza miembro a miembro siempre, sé que me coserá con sus dedos e hilos rojos —porque en el fondo no quiere estar sola— y nos destruiremos otra vez —porque tampoco me soporta— sólo para volver a empezar otra vez.

Cuando pienso demasiado —sí, esas ocasiones en las que el mundo es demasiado ruidoso para hablar, pero no lo suficiente para gritar—, suelo pensar en

Rosa. Pienso en ella con sus pétalos abiertos, sonriendo de forma genuina —y a la vez no tanto—, en sus espinas intoxicantemente adictivas —que acabas odiando y amando— y en sus semillas destructivas —que germinan y perecen una y otra vez en mi ventrículo izquierdo—. También pienso en un sentimiento cuyo nombre no recuerdo, pero eso no es importante ahora: por el momento sólo quiero infectarme de ella un poco más, sólo un poco más.

Estrella

A veces, en mi aburrimiento, se me daba por darle una historia a alguien que observaba en la distancia. A veces simplemente me dejaba perder en la multitud y lograba mezclarme con las demás personas. A veces hacía muchas cosas, pero todo cambió el día en que la vi.

Después de comprar un boleto para el tren de las seis y quince y hacerle una mueca a la máquina, me puse los auriculares y prendí mi celular sólo para colocar una melodía *vintage* que amainaría mi tiempo de espera. Veía a las personas de cara *random* pasar a mi lado o cerca de mí esperando un tren o corriendo alguno; otros orbitando como una luna alrededor del hombre que vendía agua sabor café a precio de oro. Charlando si es que estaban reunidos de a dos o más personas o soltando una que otra palabra con algún desconocido que estaba a su lado, tal vez tratando de no desesperarse por el monumental retraso de veinte minutos del transporte público.

Cuando finalmente el tren arribó, yo ya estaba por la quinta canción de mi lista de reproducción. Noté impasiblemente la alegría de ciertas personas por algo tan trivial —como si fuera un esperado regalo de cumpleaños atrasado—, y sin mirar a nadie me adentré a la cabina más cercana. Mi viaje al trabajo sería de pie simplemente porque quería, no porque no alcancé asiento.

Y en ese instante fue que cometí el estúpido error de girar mi cabeza a la izquierda. Un error que me hacía pensar que Cupido tenía diarrea y me había cagado encima.

Lo malo de enamorarse de estrellas fugaces era que quedas deslumbrado y tu vida cambia para siempre.

Se podía decir que antes de eso era un chico normal que simplemente le encantaba relajarse y perderse entre la gente cuando caminaba por la ciudad. En ese momento era verdaderamente práctico, con curiosidad de las personas en sí y una personalidad casi camaleónica que le gustaba ahondar en sus vidas para simplemente irse y no dejar huella de que alguna vez estuvo ahí. Era como la arena que está debajo el agua, porque cada vez que caminas sobre ella, al cabo de unos segundos la pisada siempre desaparece. Siempre.

Yo era como la arena y el agua porque no servía para otra cosa. No podía compartir heridas y reparar cosas —estaba roto desde hace tiempo— y mucho menos llenar huecos con mis sentimientos artificiales. Era un ser que servía para destruir, romper y quebrar, y que apretaba su dedo en la yaga ajena o soltaba palabras de veneno en cortadas recientes.

Ella era igual a mí; pero no era como la arena y el mar. Ella era como una estrella, una estrella que tenía fuego ensortijado en su cabeza que cuando caminaba parecían llamas que danzaban y se avivaban con el viento; sus pecas doradas adornando la cara de porcelana simulando ser una muñeca y sus ojos de caleidoscopio que revoloteaban inquietos en cualquier dirección. Todo esto bajo una capa de base, máscara y lápiz.

Lo único que ella no sabía era que el maquillaje no ocultaba sus grietas. Porque cuando pasó al lado mío para bajar del tren y me regaló una sonrisa de mujer, noté el lápiz labial rojo —como su cabello— algo corrido y las grietas de porcelana rota en la comisura de sus labios; al mismo tiempo que supe que esa sólo era una niña pretendiendo hacerse la adulta.

A la par que miraba el fuego extinguirse mientras los vagones se balanceaban, pensé que lo malo de enamorarse de estrellas fugaces era que quedas deslumbrado y tu vida cambia para siempre.

Que lo malo de enamorarse de estrellas fugaces era que no parecían como las pisadas en la arena debajo del agua que desaparecen; que su luz queda grabada en la retina hasta que mueres.

Que lo malo de enamorarse de estrellas fugaces era que no las volvías a ver.

Alba

Se dice que las almas gemelas son algo que aparece sólo una vez. Yo encontré la mía.

Recordaba que mi madre era una de esas personas que creía en los ángeles de la guarda y los encuentros con el destino. Solía decirme que era una mariposa de colores explosivos que danzaba al son del viento, pero ella ignoraba que estaba lo suficientemente rota como para ir contra la corriente.

Yo no era una mariposa, pero sí tenía alas. Unas alas que eran trozos de tela cosidos con hilos de bisutería y estampado de sentimientos robados que usaba sus poderes para perderse en la multitud y matar lentamente; tan dañada me disfrazaba de sueños ajenos y bañada en salitre robaba hasta el último aliento de un beso corrosivo y movimientos de muñeca.

Pero no, no siempre fui así. Antes disfrutaba volar, y planear, y danzar con los gráciles vientos que casi parecían orbitar a mi alrededor. Todo cambió cuando un huracán de púas y violencia proveniente de lugares más allá de mi visión me obnubiló, porque ese viento no estaba acostumbrado a tratar con seres frágiles —que fui, lo que antes era, pero ya no seré— y yo estaba hambrienta de maldad, de todo lo que yo no era y él representaba. Cuando lo conocí, supe al instante que él se sintió atraído por la anterior blancura de mis alas y la pureza que significaba.

Se dice que las almas gemelas son algo que aparece sólo una vez. Yo encontré la mía. Un ser que necesitaba romper y quebrar, ser devorado y destruirse; y volver a remendarse con lo que había quedado. Alguien que me había arrancado las alas pero había construido un corazón de cartón e hilos rojos y me había prestado sus ojos para ver su realidad.

Yo encontré a mi alma gemela, y supe que no me arrepentiría de ofrecerle hasta mi último aleteo en esta vida y en las otras.

Karina

La primera vez que pensé en ello estaba en la soledad de mi cuarto. Las cortinas evitaban que los últimos rayos de sol entraran al embotado cuarto. El olor a sexo y desodorante de ambiente barato anegaba mis fosas nasales. La leve luz del televisor iluminaba tenuemente mis rasgos deformados mientras una chica de rostro libidinoso y senos grandes parecía salir de la pantalla del televisor.

La hebilla del cinturón que una vez mantuvo mis pantalones arriba repiqueteaba con cada movimiento de mi mano derecha; mis ojos fijos en la voluptuosa mujer que gemía de manera exagerada y casi cómica, provocando una agradable y conocida sensación en mi parte baja, logrando acelerar mi respiración y hacerme sentir incapaz de contener algún que otro jadeo mientras estimulaba aquella zona. Y cuando llegué a la cima, no fue la cara de la chica lo que acudió a mi mente cuando cerré los ojos, sino... *ella*.

Mierda.

Apagué el televisor con un bufido ni bien los espasmos abandonaron mi cuerpo. El control pareció protestar mientras lo tiraba a algún lado de la habitación. Restregué mi rostro con la mano izquierda en un evidente signo de frustración, echando algunos de mis cabellos negros hacia atrás. *Esto no estaba bien*, pensé, *para nada bien.*

Yo en ese entonces tenía veintidós años, estaba gozando de un maravilloso sexo de la mano de mi novia y supe que deseaba a la mejor amiga de mi hermana, de diecisiete años.

Y en ese momento, me sentí un maldito pedófilo.

Elena

Sus dedos se movían con agilidad sobre el teclado, siendo este y el constante movimiento de las manecillas del reloj el único sonido que se apreciaba en la oficina. Ciertamente ese lugar —desprovisto de decoración alguna— parecía demasiado impersonal para alguien que pasaba gran parte de su día en allí, pero a decir verdad no le importaba, puesto que normalmente se encontraba sólo él.

Lo que no era el caso de ahora.

En ese momento, Leandro se encontraba acompañado silenciosamente en su trabajo. Él posó su mirar sobre ella, y algo parecido a una sonrisa no pudo evitar aparecer en sus labios. Se había quedado dormida.

Negando con la cabeza un par de veces, se levantó de forma automática, sacándose enorme chaqueta en el proceso. Se acercó a la chica sin hacer ruido, y la cubrió para evitar que pasase frío.

Y no supo por qué, pero una fuerza extraña —que aún no pudo identificar, pero que lo atacaba con frecuencia— le hizo permanecer al lado de ella observándola, ajena de todo en su mundo de sueños.

Últimamente le pasaba constantemente el hecho de quedársele mirando por mucho tiempo, tal vez el demasiado como para considerarse normal. En la práctica se había acostumbrado a su presencia tácita pero confortante en la lúgubre oficina, y no entendía por qué, pero se le hacía imperativo tenerla cerca de él —incluso le inquietaba un poco que estuviera trabajando a deshoras con su mejor amigo en el bar de la esquina—.

Suspiró. Sabía que estaba mal, pero por más contradictorio —y hasta estúpido— que sonase, no planeaba hacer nada sobre eso.

Mientras se aproximaba de nueva cuenta a su ordenador, se percató que él había cambiado. Imperativo podían ser las necesidades básicas, como comer y dormir. Ahora se le había sumado algo nuevo: ella.

Y eso no le molestaba.

Luz

Parte I

¿Quieres escuchar la historia de la chica que llegó y se quedó? Es de esas chicas a las que quieres tanto que luego lo lamentas… Aunque no te arrepientas ni un solo día.

Su nombre es Luz, y cuando llegó, movió la estabilidad completa de mi universo. Con sus largos cabellos negros, con sus orbes claros mirando nerviosamente sus manos, con sus labios apretados y mejillas rosadas. *¡Oh, Dios!* Desde el momento que la maestra prácticamente obligó a presentarse, supe que sería mi perdición. ¿Qué mejor que un pequeño, hermoso y letal ángel, extendiendo sus alas e invitándome a la muerte segura?

Pero soy tonto, *tonto, tonto*; porque apenas cruzó la puerta del salón, sus ojos se enfocaron en el chico a mi lado. *¿Te han dicho que el dolor llevaba al placer?* En ese momento, una pequeña parte de mí lo supo: ella gustaba de matar lentamente.

Luz

Parte II

Alucino cuando la veo pasar. *¿Es ese tu perfume especial? ¿El que usas sólo para atraer la atención de los demás?* Pues funciona, siento el cosquilleo en mi interior. ¿Por qué la maestra es tan cruel? ¿Por qué me pregunta el porqué de mi rubor, si es obvio que es por ti?

¿Por qué soy tan tímido cuando estoy a tu lado? Tenemos sólo nueve años, y no entiendo nada de lo que me pasa. ¿Por qué tengo que sentirme así? ¿Por qué no puedo tomar tu mano como cuando nos conocimos? ¿Por qué es tan difícil invitarte a jugar a mi casa, cuando antes lo hacía sin problemas?

¿Por qué me enojo cuando estás con *él*? ¿Por qué se me oprime el pecho cuando diriges tus cálidas sonrisas y bonitos sonrojos a mi amigo? ¿Por qué tengo que sentirme así? Mi padre me lo dijo: es sólo amor y nada más.

Pero es tan doloroso amarte.

Luz

Parte III

Nunca sabrás lo mucho que te quiero, nunca sabrás lo mucho que te amo. ¿Sabes por qué? Porque hoy me enteré de algo, de la forma más estúpida y masoquista. Desconfié cuando me dijiste de encontrarnos en el parque donde antes jugábamos, cuando tus ojos brillaron más de la cuenta bajo el cálido sol de un cercano verano. Y por un momento, la esperanza inundó mi pecho, ¿cómo poder evitarlo? Pero entonces tus labios evocaron las palabras que me hicieron dudar: *escucha, ¿quieres saber un secreto? ¿Me prometes no contárselo a nadie?* Sabía que no debería haberlo escuchado, pero lo hice, porque soy masoquista, porque ese secreto me derrumbaría. Pero Dios, ¿cómo resistirme a tu aliento rosando mi oído?

Lo descubrí hace mucho, soy masoquista y un perfecto mentiroso. Soy de los mejores, porque nadie podría jamás soportar con una sonrisa que el mundo se te venga abajo, que te destrocen por dentro.

Que la persona que amas te confiese que está enamorada de tu mejor amigo.

Luz

Parte IV

Fragmentos de cristal en el suelo, olor a alcohol inunda la habitación ¿y qué es esa escena tan deplorable? ¿Eres tú mi amigo? ¿Eres el que está tendido de forma descuidada en el suelo, ahogado en el licor barato y tus pensamientos? Lo sé, creés que has perdido a tu amor. ¿Y si lo supieras? ¿Si supieras que ella está igual o peor que tú, sólo por una simple confusión? Porque la vi, la vi ayer. ¿Y sabes lo que es peor?

Ella te ama. Ama al bastardo que eres. Al estúpido bastardo que se dejó besar por una chica que ni siquiera conoce.

¿Qué pasaría? ¿Qué pasaría si no te lo digo? ¿Qué pasaría si no te digo que aún te quiere? ¿Qué a pesar del daño causado, aún te quiere? ¿Sabes?, deberías estar contento. Ella depende de ti. ¿Y sabes? Yo no sé… si debería comentarte esto a ti.

Luz

Parte V

Frunzo mis labios, y aún debatiéndome internamente, te tomo del cuello de tu camisa, sacándote de tu inmundicia. *Eres idiota, ¿lo sabes?*, digo, vas a perder a esa chica sino la buscas esta noche. Y me río, *¿acaso no eras un maldito genio?* Tu cara de estúpido no lo demuestra. ¿Lo entiendes ahora? Cambiará de idea. Y seré yo quien la busque. Aún me mofo, aunque por tu expresión ya sé que entiendes tu situación;

porque no estás dispuesto a perder a la única mujer que te comprendió en la vida.

¿Y qué es eso? ¿Hay determinación en tus ojos? *Vas a perder a esa chica, porque yo me veré obligado a quitártela.*

Entonces me empujas, te tambaleas hasta la puerta y quedo mirando tu espalda, con una estúpida sonrisa en el rostro. Tú aún tienes una oportunidad. Yo ya no tengo nada que perder… porque nunca la tuve.

Daniela

La estabas observando. Otra vez.

Su cabello largo se mecía con el viento, hondaba, jugaba, mientras ella trataba de retenerlo inútilmente con sus pequeñas y blancas manos. La traviesa ráfaga había levantado su falda, rebelando sus blancas piernas antes de poder cubrirse, despertando una que otra interesada mirada de la población masculina presente.

Y tú gruñiste. *Maldita sea.*

Ya habían pasado quince años. Quince años desde que ella te llamó, desde que tu perfecta vida inmortal se había ido *al diablo*. Era sólo un bebé, pero ya a tan temprano tiempo sentiste salirte de tu eje al notar la fuerza con la que te había atado a su existencia. Desde ese veintiocho de marzo, te habías transformado en la sombra de la niña.

Pero, *demonios*, todo comenzó a cambiar dos años atrás. De un momento a otro, sus suaves facciones de niña comenzaron a afinarse. Sus caderas se ensancharon, sus senos comenzaron un lento proceso de crecimiento y su cuerpo comenzó a atraer demasiadas miradas

Con eso, tus viejos instintos demoníacos resurgieron.

Al principio te fue un poco más fácil contenerse, pero llegados a esta fecha, el día de los espíritus —31 de octubre—, sabías que reprimirse era imposible. Además, claro, que esto era mortalmente peligroso para ella. No sólo tú podías atacarla, sino que otros se sentirían atraídos por su esencia. Eso era algo que no podías permitir. Ella era tuya. Toda ella te pertenecía.

Y hoy la reclamarías.

…

La estabas observando. Otra vez.

Transitaba a paso rápido por las húmedas y oscuras calles. Se había tardado más de lo esperado en el bar con sus amigas, y podías percibir, estaba reprendiéndose por ello, ya que igual que tú, notó la presencia del hombre horroroso que no dejó de mirarla desde que entró al local. Aunque claro, tú lo advertiste mucho antes, pero no ibas a eliminarlo. *Aún no.*

Pronto le viste derrapar a gran velocidad en la esquina de una calle cerrada —se notaba que todavía no conocía muy bien las calles del centro—. Era tan seguro que aquél ser inferior iba a atraparla como que tú ibas a matarlo por ello. Por eso caminaste con lentitud deliberada hacia él, mientras ella trataba de fundirse con la pared, queriendo encontrar una escapatoria.

Las comisuras de tus labios se alzaron, y mucho antes de que él pudiera tocarla, tu mano atravesó el pecho masculino, cortando y destrozando los órganos a su paso y salpicando de carmín toda la extensión del lugar. Sin perder la maquiavélica sonrisa, apartaste el cadáver a la izquierda, lanzándolo sin mucho esfuerzo y escuchando sus huesos quebrarse sonoramente ante el golpe.

Alzaste la mirada, y notaste su ser tembloroso admirando la sangre, los restos destrozados y muy seguramente tu cuerpo manchado. Con pasos lentos avanzaste hacia ella, notando crecer el pánico que se vislumbraba en sus orbes jades, cerrándolos cuando extendiste tu mano. Su pecho se elevaba y descendía con irregularidad, sus parpados apretados con fuerza y sus rosados labios entre abiertos, evocando forzosos jadeos. Con dedos algo trémulos por la creciente y conocida sensación en tu pecho, acariciaste su mejilla lentamente, sintiendo la suave piel, manchándola en el proceso. Y de un movimiento rápido, tomaste su mano derecha, haciendo que la chica se sobresaltase, abriendo sus ojos hasta lo imposible.

Sonreíste, metiste su dedo meñique en tu boca y lo mordiste con fuerza, a la par que ella gritaba por dolor y miedo. Trató de apartar su mano, pero no paraste hasta sentir el conocido y metálico sabor en tu boca.

Marcada.

Sin abandonar tu sonrisa retorcida, observaste su menudo cuerpo a punto de caer, evitándolo al sostenerla. Llevaste tu propio dedo a la boca, y lo mordiste de forma limpia hasta obtener la misma marca. Descubriste su muñeca, y con satisfacción admiraste las tres marcas formarse en esa blanda piel, sintiendo también el retroceso de las ánimas que antiguamente deseaban poseerla. Esa marca, el pretérito sello de tu clan, hacía figurar a esa alma humana como tu propiedad más formalmente, por lo menos por tres años, hasta que se desarrollara por completo.

Tomaste su cuerpo desfallecido, y en volandas la llevaste hasta el patio de su casa, donde la dejaste recostada en la banca del pequeño jardín. Acariciaste su rostro dormido, y uniste ambos dedos marcados.

—Tres años más.

...

La estabas observando. Otra vez.

La estabas observando. Otra vez.

La estabas observando. Otra vez.

www.ingramcontent.com/pod-product-compliance
Ingram Content Group UK Ltd.
Pitfield, Milton Keynes, MK11 3LW, UK
UKHW020216250726
13967UKWH00001B/21

9 781291 751680